Alice Granato

SABORZINHO DO BRASIL
NORTE

ilustrações
Bianca Smanio

UM MUNDO D'ÁGUA!

A travessia de Tupi pelos saborzinhos do Norte

Enquanto acompanhava sua mãe na arrumação das malas, Tupi imaginava o que iria encontrar na viagem. Sabia que estavam indo para uma região de rios gigantescos – um quinto da água doce do mundo! – e isso o deixava intrigado pois ele estava acostumado ao mar.

Sempre ouvira falar da Floresta Amazônica, de sua grandeza e exuberância, mas lhe parecia algo muito distante e inatingível. Como seria estar diante dela? Quais bichos iria encontrar lá? Será que iria conhecer indígenas? Tudo isso o fascinava.

Floresta Amazônica

curumim

peixes

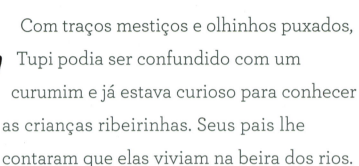

MAIS DE UM METRO!!

mosquitos gigantes

Com traços mestiços e olhinhos puxados, Tupi podia ser confundido com um curumim e já estava curioso para conhecer as crianças ribeirinhas. Seus pais lhe contaram que elas viviam na beira dos rios.

– Será uma grande aventura! – disse para a mãe, enquanto ela dobrava suas roupas, concentrada em não esquecer de colocar nenhuma peça importante na bagagem. Seu pai passou pelo quarto neste momento e lembrou que era imprescindível levar o protetor solar e, especialmente, o de mosquitos.

– Lá os mosquitos têm mais de um metro – brincou.

O menino estava desconfiado com as comidas que iria encontrar. Sua mãe contava que era tudo muito diferente do que estavam habituados a comer.

cuias com pimenta-de-cheiro

– O Norte tem uma cozinha muito rica, com peixes, temperos, farinhas, frutas. Tem até uma folha saborosa que dá um choquinho na boca, o jambu – dizia, animada.

A mãe de Tupi pronunciava com entusiasmo o nome das frutas, todos complicados para ele, que ainda não tinha conseguido gravar nenhum, a não ser açaí, que seus amigos da escola gostam de comer na saída das aulas. Ele havia encasquetado que o sabor era muito forte, mesmo sem nunca ter experimentado. Mas tinham outras: taperebá, bacuri, cupuaçu, tucumã, murici, acerola, graviola, que faziam eco na sua cabeça de tanto a mãe falar...

a floresta

açaí

águas

graviola

centro histórico de Belém

Belém, capital do Pará.

A primeira parada da viagem foi em Belém, fundada em 1616. Uma das primeiras cidades brasileiras a ter luz elétrica e bondinho. Banhada pela baía de Guajará, tem vistas panorâmicas para os rios e um charmoso centro histórico.

O bafo quente de Belém é atenuado pela brisa fresquinha que sopra a favor na cidade cheia de mangueiras. Elas estão por toda parte. E a costumeira chuva no final da tarde pede um tacacá,* caldo quente e substancioso típico do norte.

caldo de tucupi

✱ *Tacacá: palavra de origem indígena, tata (quente) e caa (temperado). Preparado com a goma da mandioca, tucupi, camarão e folhas de jambu, o tacacá é servido em cuias, bem quentinho.*

jambu

pirarucu

Tupi e seus pais quiseram logo conhecer o mercado Ver-o-Peso, onde a cidade pulsa, e chegaram lá bem cedinho para acompanhar o movimento local. O menino não piscava os olhos vendo aquele corre-corre dos vendedores que chegavam ali antes de amanhecer. Barqueiros aportando apinhados de açaí, com o fruto ainda quente. Bem diferente daquele que ele só conhecia já na tigela, congelado como sorvete.

– Quanto peixe! – exclamou. Peixes enormes como o de nome engraçado, o pirarucu, ou o pintado, que parecia mesmo uma obra de arte.

12

Em toda barraca por onde passavam, os pais de Tupi conversavam e provavam alguma coisa. O menino viu ali as folhas de maniva (mandioca) serem moídas. Com elas, se faz a feijoada paraense chamada maniçoba, que tem as tais folhas que deixam a boca dormente, as folhas do jambu. Os vendedores tagarelas vendem ali até poções mágicas que, segundo eles, curam males e doenças.

Tupi estava gostando daquela euforia, do falatório. Estava feliz em meio àquela algazarra. Quando viu a quantidade de sacos de farinha de várias cores e texturas, ficou encantado! Tupi é doido por farinha e por farofa... sua família brinca que é mesmo um farofeiro.

maniva

– Eu não sabia que existiam tantos tipos de farinha – comentou.

– Filho, aqui se come açaí com farinha no almoço. E acompanha uma posta fresquinha de peixe – explicou seu pai.

Tupi observou admirado a refeição dos paraenses na feira descrita por seu pai e sentiu vontade de experimentar. Sem perceber, já estava com água na boca. Todos pararam para almoçar aquele prato saboroso, e Tupi sentiu pela primeira vez vontade de provar o açaí. Parecia mais gostoso ali, em "sua casa", fresquinho, recém-colhido. Começou a comer o creme da fruta e ficou todo lambuzado, com a boquinha manchada de roxo.

– A gente pode gostar mais das coisas quando as conhece de perto – disse a mãe, feliz com a descoberta espontânea do filho.

caldo de açaí com farinha

Mercado Ver-o-Peso

OLHA O TACACÁ!

Todo feito de ferro, com material vindo de Londres e Nova York, o mercado foi inaugurado em 1901, mas, antes disso, funcionava como um posto fiscal, desde 1688.

As mercadorias que chegavam e saíam da Amazônia passavam por ali para se "ver o peso", por isso ganhou esse nome. Lá se vende de tudo: peixes, camarões, frutas, farinhas, ervas, cuias, cestos, biscoitos, artesanato e o famoso tacacá.

Tupi ficou um bom tempo parado, admirando a baía de Guajará. Quietinho e reflexivo diante daquela imensidão de água doce por onde navegam barcos de todos tipos. Pensou que teria ainda muita coisa boa para descobrir. E em como era bom viajar pelo seu país.

Continuaram o passeio e, quando deu a primeira mordida numa rosquinha de castanha-do-pará, arregalou os olhinhos e ficou perplexo. Era uma delícia! Das melhores coisas que já havia provado na vida. Mas ele tinha só seis anos... Crocante e com o gosto bem natural do fruto, não tinha nada a ver com aqueles biscoitos artificiais que ele conhecia.

castanha-do-pará

Sentiu-se feliz de ter visto a castanha no mercado, experimentado ela ali, um alimento nutritivo, e depois observado os vendedores embalar um punhado delas em saquinhos. Mais tarde ela virou rosquinha nas mãos das talentosas doceiras de Belém, que transformam castanhas, cacau e frutas em doces maravilhosos.

Logo em seguida, na Estação das Docas, onde ficavam os antigos galpões do porto, um dos lugares mais gostosos da cidade, provou um tabuleiro de docinhos enquanto olhava o rio. Experimentou o brigadeiro com cupuaçu. Como não tinha comido isso antes?, e perguntou. O gosto meio azedinho da fruta com o chocolate é uma perfeita alquimia de sabores. Tupi descobriu ainda que o cupuaçu e o cacau eram frutas-primas, da mesma família.

estação das docas

rosquinhas

17

Seguindo no passeio por Belém, já à tardinha, o menino foi com os pais visitar uma pequena fábrica de chocolates para ver o preparo do bombom de cupuaçu. O perfume✶ que vinha das panelas, onde o recheio estava sendo cozido, era inebriante e não sairia mais de sua memória.

À esta altura, o menino já tinha se enfeitiçado pelos sabores da região. Aquela fumacinha do doce trazia junto todas as coisas boas da viagem. Eram os saborzinhos do Norte. Tupi guardou alguns bombons na mochila para comer mais tarde, e também gostaria de levar de lembrança para seus amigos. Já vinham até embrulhadinhos para presente.

No dia seguinte, após o café da manhã, com uma mesa farta de sucos, frutas, bolos e bijus com tucumã,✶ o pão com manteiga

✶ *De tão bons, a indústria cosmética aproveita todas as propriedades das frutas e seus aromas para desenvolver perfumes, sabonetes, xampus, cremes hidratantes, óleos, velas.*

✶ *Com a fruta tucumã se faz uma pastinha que os paranaenses e amazonenses costumam comer com o beiju, uma massa fina e crocante feita de tapioca, de origem indígena.*

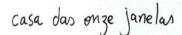

casa das onze janelas

beiju com tucumã

dos paraenses, Tupi e seus pais saíram para caminhar pela cidade histórica e foram conhecer a Casa das Onze Janelas, uma construção antiga, do século XVIII, que já foi casa e hospital, e que hoje é um bonito museu de arte. Depois visitaram a Catedral, construída há mais de trezentos anos. Tupi andava empolgado e gostava de ouvir as histórias dos lugares. E adorou conhecer o Forte do Castelo ouvindo seu pai contar sobre batalhas e revoltas que aconteceram por lá.

TA-PE-RE-BÁ!!!

sorvetes de:

castanha, açaí e taperebá

Andaram no calorão típico de Belém e, para refrescar, seus pais o levaram para uma visita muito esperada: uma sorveteria meio parque de diversões, de tantas atrações que oferecia. Uma riqueza de cores e sabores que tornava a sua escolha difícil.

Tupi, é verdade, não gostou de todos os sabores que provou. Tinham uns muito estranhos para seu paladar, mas ficou feliz em reconhecer as frutas que agora já haviam saído do seu imaginário (quando sua mãe as descrevia) para fazer parte do seu dia na viagem.

De todos os sorvetes que provou, seu favorito foi o de taperebá, uma frutinha pequenininha, também chamada cajá, com sabor azedinho.

– O nome parece pereba, mas é bom – disse rindo, todo melado com o tom amarelo do sorvete.

PE-RE-BA

MAIS BÚFALO QUE GENTE

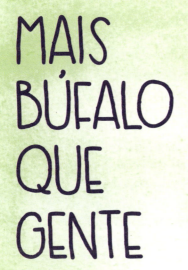

ilha de Marajó

Um lugar impressionante no Norte do nosso país é a ilha de Marajó. Além de ser gigante, a maior ilha fluviomarinha do mundo, cercada de mar de um lado e rios do outro, tem uma população de búfalo maior do que a de gente – o maior rebanho do Brasil. Eles estão por toda parte, no meio da rua, nas fazendas, nos rios e são usados como meio de transporte e também na culinária local. Com seu leite, fazem-se queijos e doce de leite com sabor bem marcante.

É de Marajó a famosíssima cerâmica marajoara, feita em barro, tradição iniciada por tribos indígenas que habitavam ali entre 400 e 1400 e tida como uma das mais antigas do Brasil. A produção continua a topo vapor ainda hoje com peças decorativas e utilitárias, como vasos, pratos, tigelas, muito usadas para servir as delícias da terra.

Como a ilha é banhada pelo oceano Atlântico e pelos rios Amazonas e Tocantins, tem praias doces e salgadas e muitas vezes só distinguimos as águas com um mergulho. Passear de canoa pelos igarapés em meio a natureza e as árvores esculturais parece cenário de filme. Outra visão inesquecível é assistir a revoada dos pássaros guarás, colorindo de vermelho-urucum o céu da ilha.

cerâmicas marajoaras

Manaus, capital do Amazonas.

Tupi chegou em Manaus já pensando em viajar pelos rios. Quando entrou no grande barco e começou a navegar no rio Negro parecia estar em um outro mundo. E estava mesmo.

– Que silêncio! – pensou, sem coragem de dar um pio naquela imensidão de água.

Seus pais também estavam admirados com aquela beleza toda e mais ainda em ver o filho encantado com o lugar. Seus olhinhos, embaçados de civilização, estavam admirados com a grandeza da floresta.

A todo momento viam passando ao lado um barqueiro solitário. No início, conversaram empolgados sobre as descobertas, as comidas, os bichos, mas logo tudo se aquietou e os três passaram a ouvir apenas os sons da natureza, dos pássaros, dos peixes, da água...

Estavam vivendo uma experiência única, que acontecia fora e também dentro deles, e era tão forte que não conseguiam falar nada. Só sentiram, se abraçaram e sorriram um para o outro.

Rio Negro

boto-cor-de-rosa

Seguiam para uma hospedagem no meio da selva amazônica, e o trajeto já era um prenúncio do que iriam encontrar.

Talvez nada tenha sido tão marcante nessa viagem para o pequeno Tupi como o mergulho com o boto-cor-de-rosa.
– Que fofinho ele é! - disse Tupi, sem perceber que fofura maior era sua vibração.

O boto faz gracinhas para os visitantes e é especialmente atraído quando jogam peixinhos para ele. Tupi se esbaldou no banho de rio e curtiu até cansar com o boto, tão dócil e brincalhão, bem à vontade.

Ao sair do rio, foi recebido com um suco de fruta, muito apropriado para espantar o calor úmido da floresta. O de graviola parecia uma vitamina, bem branquinho, doce com leve acidez, agradável ao paladar, e restabeleceu sua energia para novas brincadeiras na selva.

Foi com os pais dar um mergulho em uma praia de água doce! E adivinhem o que tinha na areia? Macacos. Dos mais travessos, acostumados a brincar e também a roubar os turistas pegando seus pertences e os arremessando no rio. Tupi ficou pasmo em ver a esperteza dos macacos. Nem todo mudo achava graça, mas ele se divertia com as estripulias dos bichos. Chegaram a roubar sua camisa que estava pendurada numa cadeira... Tupi dava risada.

De noite tinha um passeio de barco para ver jacarés. Ele ficou com um pouco de medo, ressabiado, mas resolveu ir mesmo assim. Achou os bichos muito feios e não viu graça nenhuma naquilo.

suco de graviola

macaco-de-cheiro

mmmm rraummm rraummm

Voltou para o quarto, mas só pensava na sua diversão com o boto-cor-de-rosa. De tão cansado, apagou rapidinho na cama. Na calada da noite, Tupi ouviu um forte ronco* vindo da mata

rraummm rraummm rraummm

que soava como um chamado. Amedrontado e, ao mesmo tempo, muito curioso, olhou na janela e não pode acreditar quando avistou uma onça-pintada, o maior felino das Américas, que vinha, exuberante e reluzente, em sua pelagem dourada com pintas pretas, em sua direção. Ela estava ainda um pouco distante, mas Tupi a enxergava e a ouvia nitidamente. A onça tinha vindo lhe contar um segredo. Disse que ele estava se sentido tão bem ali na Floresta Amazônica porque tinha o nome dos indígenas, os primeiros habitantes daquelas terras, com quem ele teria muito a aprender.

O ronco da onça é chamado de esturro, *um rugido forte, um urro.*

27

BANHO DE ÁGUA FRESCA

Em comunidades próximas a Manaus, Tupi observou encantando a pesca artesanal do pirarucu. O peixe pode chegar a três metros de comprimento e pesar até duzentos quilos! Conhecido como o bacalhau da Amazônia, por também ser servido seco, o pirarucu faz bastante barulho quando se movimenta na água, causando alvoroço entre as crianças.

Tupi olhava atento as famílias ribeirinhas e a naturalidade dos pequenos com aquele mundo de água. Deu vontade de correr e mergulhar com eles e não demorou nada para ele se entrosar. Descobriu que as crianças iam de barco para a escola e comiam açaí no pé, eles mesmos subiam na palmeira para colher a fruta.

Seu nome, uma homenagem aos primeiros habitantes do Brasil, nunca fez tanto sentido. Tupi rapidamente se enturmou com os meninos e nadou à vontade com eles, se refrescando naquela água fresca. Que mundo bom aquele! Que liberdade. Pensou logo que queria contar para os seus amigos todos essa aventura e, quem sabe um dia, poderiam ir juntos pra lá?

E sua missão era muito especial: respeitar e cuidar da natureza, de suas gentes, dos bichos, das árvores, dos rios e, assim, somente assim, ser um convidado especial a descobrir seus mistérios e encantos, os "saborzinhos".

– Foi um sonho tão real – disse Tupi ao despertar.

SABORZINHOS DO NORTE

RECEITAS

Chef Daniela Martins

PESCADA
com purê de jambu

Rendimento: 6 pessoas

Ingredientes

1kg de pescada amarela

2 dentes de alho

1L de água

Suco de 1 limão

1 colher de sopa de óleo ou azeite

Sal e pimenta a gosto

1,2kg de batata

400ml de leite

200g de manteiga

200g de jambu

2 dentes de alho picado

1 colher de sopa de azeite

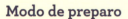

Modo de preparo

Lave o peixe em água corrente e faça um vinha d'alho com o suco de limão e o litro de água. Deixe o peixe neste molho por aproximadamente 15 minutos, depois retire do molho, passe de novo em água corrente e tempere a gosto com alho, sal e pimenta. Em uma frigideira quente untada com óleo ou azeite grelhe, o peixe dos 2 lados, por volta de 5 minutos de cada lado.

Para o Jambu

Em uma frigideira junte o azeite o alho e o jambu bem picado. Reserve.

Para o purê

Cozinhe a batata com casca e tudo em água salgada até que ela fique bem macia, Escorra a água e descasque ainda quente, amasse e junte a manteiga e o leite, volte ao fogo. Junte o jambu e misture bem.

Chef Daniela Martins

BISCOITO
de castanha

Ingredientes
300g de farinha de trigo
200g de manteiga
100g de açúcar
400g de castanha-do-pará moída

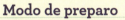

Modo de preparo
Em um recipiente, misture a manteiga, o açúcar, a castanha e o trigo até soltar do fundo e formar uma massa uniforme. Divida a massa em pequenos cubos. Enfarinhe a forma e coloque no forno por 20 minutos.
Retire os biscoitinhos de castanha do forno e passe no açúcar granulado. Espere esfriar e sirva.

Chef Daniela Martins

DOCINHOS
de castanha coberta

Rendimento: 17 unidades

Ingredientes
70g de castanha-do-pará
1 lata de leite condensado
6 colheres de sopa de achocolatado
6 colheres de sopa de chocolate 70%
1 colher de sopa de manteiga
Confeito colorido a gosto
200g de castanha-do-pará ralada

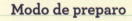

Modo de preparo
Em uma frigideira coloque a castanha para torrar. Reserve.
Em uma panela, leve ao fogo o leite condensado com o achocolatado e o chocolate 70%. Cozinhe até que solte do fundo, junte a manteiga e deixe esfriar.
Faça bolinhas com o brigadeiro, coloque uma castanha no centro, enrole e passe no confeito ou na castanha ralada.

Chef Daniela Martins

PIZZA DE TAPIOCA
com brigadeiro

Rendimento: 6 pessoas

Ingredientes

300g de farinha de tapioca

130g de leite em pó

80g de açúcar

600ml de leite

Sal a gosto

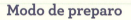

1 lata de leite condensado

6 colheres de sopa de achocolatado

6 colheres de sopa de chocolate 70%

1 colher de sopa de manteiga

Confeito colorido a gosto

Modo de preparo

Para a Pizza
Misture a farinha de tapioca com o leite em pó, o açúcar e o sal, junte o leite bem quente e misture bem, para não empelotar. Mexa até o leite esfriar. Estenda a massa em uma forma de pizza untada com óleo. Leve a geladeira para endurecer por pelo menos 3 horas. Depois leve ao forno pré-aquecido a 180ºC por 20 minutos.

Para o brigadeiro
Em uma panela junte o leite condensado, o achocolatado e o chocolate 70%, misture bem e leve ao fogo médio.
Mexa sem parar até que desgrude do fundo da panela, retire do fogo e junte a colher de manteiga, mexa até derreter .

Espalhe o brigadeiro assim que a pizza sair do forno e finalize com confeitos coloridos.

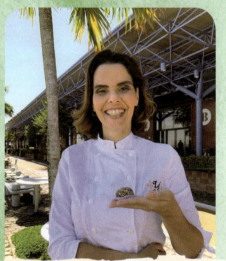

DANIELA MARTINS nasceu em Belém e desde cedo foi influenciada pelos aromas da cozinha do seu pai, o grande chef Paulo Martins, e de sua avó, a doceira Anna Maria, fundadora do restaurante Lá em Casa. A história começa com dona Anna fazendo doces e salgados para fora. Mais tarde, Paulo assumiu o comando do restaurante que o projetou como um embaixador da cozinha paraense. Com a morte dos dois, Daniela assumiu o comando da cozinha e segue o legado da família com a ajuda da irmã, Joanna, diretora do Instituto Paulo Martins. Nas receitas, a chef, mãe da Anna Maria e da Anna Carolina, revisita os biscoitinhos de castanha-do-pará da avó e cria pratos nortistas para os pequenos. Como dizia seu pai: "O Brasil precisa descobrir o Brasil. Temos produtos suficientes para fazer uma cozinha autêntica e só nossa."

@danimartins
@laemcasa
@ipaulomartins

Daniela Martins e vovó Anna

Chef Alex Atala

CHAPATI com PIRARUCU
e maionese de pimenta-de-cheiro

Rendimento: 4 pessoas

Chapati

Ingredientes

500g de farinha de trigo

200ml de água

Modo de preparo

Em uma vasilha, disponha a farinha de trigo em um monte. Faça um buraco no meio da farinha e adicione a água, aos poucos.
Sove bem a massa até que ela se solte da superfície da vasilha. Tempere com uma pitada de sal, sove novamente e coloque para descansar por 10 minutos.
Separe a massa em bolinhas e as abra com um rolo de macarrão.
Aqueça uma frigideira e coloque a massa já aberta, uma de cada vez.
A massa deve virar um "pão".
Quando a massa tiver pronta, passe-a diretamente na chama do fogão, levemente.
Leve à churrasqueira.

Pirarucu

Ingredientes

200g de pirarucu

Sal a gosto

Pimenta-do-reino branca moída a gosto

Modo de preparo:

Tempere o peixe com sal e pimenta-do-reino branca moída; em seguida aqueça uma frigideira em fogo médio e adicione um fio de azeite. Assim que a frigideira estiver quente coloque o peixe, deixe o ganhar uma cor dourada e o vire para grelhar o outro lado. Depois que o peixe estiver grelhado dos dois lados estará pronto.

Maionese com pimenta-de-cheiro

Ingredientes

250ml de óleo

17g de gema pasteurizada

1 colher de sopa de suco de limão

30g de pimenta-de-cheiro sem semente cortados em cubos pequenos

Sal a gosto

Modo de preparo

Em um liquidificador, coloque a gema pasteurizada, uma colher de sopa de suco de limão e comece a bater em velocidade máxima, adicionando em fios o óleo para que emulsione. Depois que estiver com uma textura de maionese, tempere com o sal e adicione a pimenta-de-cheiro picada, dê mais uma batida até que tudo se una e está pronta a maionese.

Finalização do prato

Com o seu chapati já pronto, coloque um pedaço do seu peixe e sirva com um pouco da maionese com pimenta-de-cheiro.
Para finalizar coloque folhas de coentro.

coentro

Chef Alex Atala

CASCA DE BATATA
com purê de açaí e espetinho de pirarucu

Rendimento: 4 pessoas

Quantas vezes você descascou batatas, fez aquele belíssimo purê e jogou fora as cascas sem saber que podem se tornar um petisco bem gostoso. É isso mesmo, você pode fritar as cascas da batata e servi-las! A vantagem é não desperdiçar nada e conseguir um petisco muito crocante e saboroso!

Ingredientes

Casca de batata

Óleo para fritar

Sal

Modo de preparo

Em uma panela com óleo a fogo médio, frite as cascas de batata até que fiquem crocantes e douradas.
Finalize com sal.

Lactonese

Ingredientes

200ml de leite

Sal

400ml de óleo (aproximadamente)

25ml de suco de limão

Modo de preparo

No liquidificador, coloque o leite.
Tampe o liquidificador e retire aquela
tampinha menor que fica no centro.
Bata em velocidade alta e coloque o óleo
em fio, até dar ponto de maionese.
Por último, adicione o limão e o sal. Bata
mais um pouco até que emulsione e fique
consistente com o ponto de uma maionese.

Purê de açaí

Ingredientes

300g de polpa de açaí (sem o líquido)

150g de creme de leite fresco

10g de alho batido

30g de cebola

Sal a gosto

Modo de preparo

Em uma panela média, refogue o alho e a
cebola em fogo médio, coloque a polpa
de açaí e o creme de leite e deixe reduzindo
até que chegue em uma textura de purê
cremoso. Finalize com o sal.

Espetinho de pirarucu

Ingredientes

200g de peixe em cubos

70ml de shoyu

25ml de suco de limão

5g de gengibre ralado

Pitada de sal

Modo de preparo

Em uma vasilha, coloque o peixe cortado
em cubos. Adicione o shoyu, o suco de
limão, o gengibre ralado e uma pitada de sal.
Deixe marinar por 20 minutos. Coloque os
cubos de peixe em espetos de madeira.
Em uma frigideira já quente, coloque
um fio de azeite. Disponha os espetinhos
de peixe e deixe grelhar até que fiquem
dourados e cozidos.

Finalização do prato

Pegue a casca da batata já frita, preencha
a metade dela com a lactonese e a outra
metade com purê de açaí; sirva com o
espetinho de peixe em cima e finalize
com umas folhinhas de coentro.

Chef Alex Atala

BOLO DE BANANA E AÇAÍ

Rendimento: 4 pessoas

Ingredientes

60g de açúcar mascavo

100g de manteiga derretida

3 ovos

300g de banana

300g de polpa de açaí

200g de farinha de trigo peneirada

100g de castanhas

Modo de preparo

Em uma vasilha, coloque o açúcar, a manteiga derretida e dois ovos. Bata com o auxílio de um fuê até que a massa fique aerada.

Em outra vasilha, amasse as bananas e adicione a polpa de açaí. Mexa um ovo com o fuê e adicione na vasilha das bananas. Adicione também a farinha. Misture todos os ingredientes. Passe o conteúdo da primeira vasilha para este segundo e misture novamente. Adicione as castanhas e incorpore-as na massa. Coloque em uma forma untada.

Asse em forno pré-aquecido a 200°C por 10 minutos.

Sugestão: servir com sorvete de coco e cupuaçu.

cupuaçu

40

ALEX ATALA é um dos mais prestigiados chefs de cozinha do Brasil, superpremiado. Antes de se aventurar na cozinha aos 19 anos, ele era DJ. Nasceu em São Paulo, ficou muito famoso com seu talento para a gastronomia e é grande responsável pela divulgação dos ingredientes da Amazônia e do Brasil em todo o mundo, com sua cozinha de autor.

"Comer é cultura! E levar a possibilidade para alguém que não conhece o Brasil de experimentar um novo ingrediente também é levar cultura."

Pai do Pedro e dos gêmeos Tomás e Joana, Alex é chef dos restaurantes D.O.M, Dalva e Dito, em São Paulo, e fundador do Instituto ATÁ, dedicado a pesquisas sobre a relação do homem com os alimentos e a natureza.

@alexatala
@ata

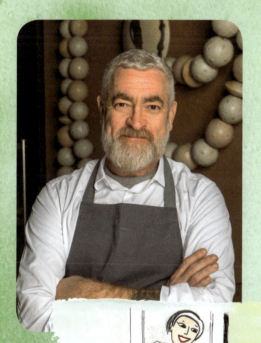

Alex criança, com a mãe Otávia e a irmã Magu

Chef Jérôme Dardillac

AÇAÍ CREMOSO
com xarope de guaraná e pipoca de tapioca

Rendimento: 4 porções

Ingredientes
800g de polpa de açaí orgânico
200ml de xarope de guaraná
4 bananas-prata
100g de farinha de tapioca flocada do Pará

Modo de preparo
Em um liquidificador, coloque a polpa de açaí com as bananas e o xarope de guaraná, bata até formar uma mistura super cremosa. Sirva em uma tigela e decore com a farinha de tapioca flocada ou a pipoca de sagu.

Dicas:
Caso você não encontre a farinha de tapioca flocada, pode-se fazer a pipoca com sagu.
Em uma panela ou pipoqueira preaquecida, coloque uma colher de chá de óleo, acrescente 100 g de sagu, tampe a panela e deixe estourar as bolinhas, em fogo baixo.

pipoca de sagu

Chef Jérôme Dardillac

ESCONDIDINHO
de pirarucu selvagem com raízes

Rendimento: 4 porções

Ingredientes
600g de lombo de pirarucu selvagem da Amazônia
300g de cará-roxo
300g de batata-doce laranja
150g de macaxeira
150g de batata
50ml de azeite de oliva extra-virgem
90g de manteiga
100ml de leite
50g de castanha-do-pará
Cebolinha fresca a gosto
Pimenta-do-reino a gosto
Sal a gosto

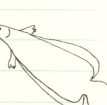

Modo de preparo

Purê roxo
Descasque e corte o cará-roxo em pedaços médios iguais.
Coloque em uma panela para cozinhar com água e sal.
Uma vez cozido, bata no liquidificador até que se tenha um purê liso e homogêneo.
Acrescente o leite, a manteiga, verifique o tempero e reserve.

Purê laranja

Descasque e corte a batata-doce laranja em pedaços médios.
Coloque em uma panela para cozinhar com água e sal.
Uma vez cozido, bata no liquidificador até que se tenha um purê liso e homogêneo
Acrescente o leite e a manteiga, verifique o tempero e reserve.

batata-doce laranja

Purê amarelo

Descasque e corte a macaxeira e as batatas em pedaços médios.
Coloque em uma panela para cozinhar com água e sal.
Uma vez cozido, bata no liquidificador até que se tenha um purê liso e homogêneo.
Acrescente o leite e a manteiga, verifique o tempero e reserve.

Pirarucu

Tempere o lombo de pirarucu com sal e pimenta.
 Em uma frigideira antiaderente pré-aquecida, coloque um fio de azeite extra-virgem e grelhe o peixe dos dois lados. Acrescente as castanhas picadas grosseiramente e a cebolinha cortada fina. Desligue o fogo e reserve.

Montagem em 4 bocais

(potes de vidro transparente)
Cubra o fundo de cada bocal com um pouco de purê amarelo.
Acrescente o pirarucu em lasca com a cebolinha e as castanhas da Amazônia.
Coloque o purê de batata-doce laranja.
Termine com o purê de cara-roxo.
Leve ao forno médio pré-aquecido por aproximadamente 5 minutos.
Sirva quente.

Dicas: Pode-se gratinar com queijo parmesão.
A batata-doce laranja pode ser substituída por abóbora ou cenoura.

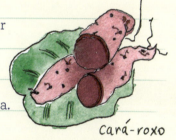
cará-roxo

Chef Jérôme Dardillac

PASTÉIS DE TAPIOCA
com recheios de goiabada e doce de leite

Rendimento: 4 porções

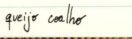
queijo coalho

Ingredientes

Massa de pastel de tapioca

600g de tapioca granulada
400g de queijo coalho
1l de água mineral
Pimenta-do-reino branca a gosto
Sal a gosto

Recheio

200g de doce de leite
200g de goiabada cascão

Fritura

750ml de óleo de coco

Modo de preparo

Rale finamente o queijo coalho.
Aqueça a água mineral quase no ponto de ferver.
Misture a tapioca granulada com o queijo coalho e acrescente a água aos poucos, batendo com um fuê (batedor de arame).
Despeje a mistura em uma forma recoberta de papel-filme, deixe resfriar em temperatura ambiente e coloque na geladeira para descansar.

Preparação dos pastéis
Corte pedacinhos da massa e abra-os com a ajuda do rolo.
Com a ajuda do fechador e modelador de pastéis, recheie alguns com doce de leite e os outros com goiabada.
Deixe os pastéis recheados e prontos durante 1 hora na geladeira antes de fritar.
Aqueça a fritadeira ou uma panela com o óleo entre 140° e 160° e frite os pastéis, lembrando que eles vão ficar dourados.
Coma na hora para apreciar o crocante da massa

Dicas: Pode-se inventar uma variedade imensa de recheios, doces, salgados ou agridoces, como também elaborar diferentes formatos dos pastéis.

O pequeno Jérôme

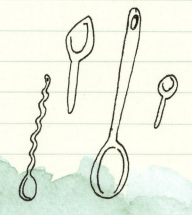

JÉRÔME DARDILLAC é um francês encantado pelo Brasil. Nascido na pequenina cidade de La Rochefoucauld, sudoeste da França, casou-se com Regina, brasileira, com quem quem teve dois filhos, Maria Clara e Olivier. O chef tem uma ligação forte com a culinária nortista, pois viveu dois anos em Manaus, comandando a cozinha do Hotel Tropical, instalado diante do rio Negro.
"A culinária do Norte é riquíssima com a abundância de ingredientes amazônicos. Um festival de sabores, texturas, cores e delícias. Uma cozinha também muito saudável pelo uso de peixes, castanhas, ervas, frutos e raízes. Como chef, fiquei maravilhado com sabores tão únicos."
Jérôme vive no Rio de Janeiro e é chef do hotel Fairmont Rio.

@jeromedardillac
@fairmontrio

Chef Otávia Sommavilla

BOLO DE CASTANHA-DO-PARÁ
com calda de açaí

Rendimento: 4 porções

Massa

240g de manteiga sem sal

420g de açúcar

10 ovos

500g de castanha-do-pará moída

120g de farinha de trigo

10g de fermento em pó

5g de extrato de baunilha

Misture a castanha-do-pará, farinha de trigo e fermento com a ajuda de um batedor (fuê) e reserve. Bata na mão a manteiga com o açúcar até ficar cremosa. Junte os ovos, um de cada vez, batendo com o fuê após cada adição. Adicione as farinhas, misturando delicadamente só até incorporar. Divida a massa em três formas redondas de 20cm de diâmetro untadas e enfarinhadas e leve ao forno pré-aquecido a 180 graus por aproximadamente 40 minutos.

Recheio e cobertura

4 claras

400g de açúcar

330g de manteiga sem sal em temperatura ambiente

1 fava de baunilha

10g de extrato de baunilha

200g de castanha-do-pará picada

Buttercream

Bata a manteiga com uma espátula até que fique cremosa. Reserve.
Separe 200g de açúcar. Misture com as claras e leve ao fogo em banho-maria mexendo constantemente com um fuê, até que atinja a temperatura de 70 graus. Imediatamente retire do fogo e despeje na tigela da batedeira, batendo com o batedor globo até esfriar e obter um merengue.
Diminua a velocidade da batedeira e acrescente a manteiga aos poucos, batendo até obter um creme bem leve e uniforme.
É muito importante que esteja frio antes de acrescentar a manteiga.
Abra a fava de baunilha pelo comprimento e, com a ponta de uma faca, raspe as sementinhas da fava, acrescentando-as ao creme de manteiga. Adicione também o extrato de baunilha e bata tudo. Reserve.

47

Crocante de castanha

Leve ao fogo as 200g de açúcar restantes com a castanha-do-pará picada e mexa constantemente em fogo médio até o açúcar derreter e caramelar.

Despeje em uma forma untada com manteiga e deixe esfriar. Quebre em pedaços e coloque no processador de alimentos até obter pedaços pequenos. Reserve aproximadamente 200g do creme de manteiga para a cobertura e decoração do bolo e adicione o crocante de castanha no creme restante. Utilize o creme com crocante para rechear o bolo.

Calda de açaí

600g de polpa de açaí congelada

100g de açúcar

50ml de xarope de guaraná

1g de ágar-ágar

Leve ao fogo a polpa de açaí, o xarope de guaraná e 50g de açúcar. Deixe ferver. Coe a mistura com a ajuda de um pano bem fino.

Leve novamente ao fogo com o restante do açúcar e o ágar-ágar e deixe ferver por aproximadamente 10 minutos, até formar uma calda espessa.

Deixe esfriar totalmente.

Decore o topo do bolo com uma parte e sirva o restante acompanhando as fatias de bolo.

Crocante de castanha-do-pará

150g de açúcar

150g de castanha-do-pará picada

Leve os dois ingredientes ao fogo, mexendo constantemente, até que o açúcar derreta totalmente.

Despeje em uma superfície untada com óleo e deixe esfriar.

Quebre em pedaços e decore o topo do bolo.

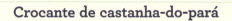

OTÁVIA SOMMAVILLA nascida no Rio de Janeiro, filha e sobrinha de cozinheiras de mão cheia, começou a se interessar pela culinária com cinco, seis anos de idade. Ela adorava ajudar na produção das comidas de sua casa. Antes de se tornar uma boleira profissional, foi modelo fotográfico e se formou advogada. Quando decidiu seguir o caminho da confeitaria, fez muitos cursos com os chefs que mais admirava no Brasil e no exterior e se especializou em decoração artística de bolos. Ela é pesquisadora e adora estudar os costumes alimentares.
"Eu sinto que trabalhar com os ingredientes do Norte é encontrar sabores potentes e marcantes, mas muito harmonizáveis para o paladar das crianças."
Otávia é mãe da Elisa e autora da trilogia *Enciclopédia dos bolos*.

@otaviabolos

A miniboleira Otávia

©Alice Granato (texto), 2020
©Bianca Smanio (ilustrações), 2020
©Bazar do Tempo, 2020

Todos os direitos reservados e protegidos pela Lei n. 9610 de 12.2.1998. É proibida a reprodução total ou parcial sem a expressa anuência da editora.

Este livro foi revisado segundo o Acordo Ortográfico da Língua Portuguesa de 1990, em vigor no Brasil desde 2009.

A região Norte do Brasil é formada pelos estados:
Acre, Amapá, Amazonas, Pará, Rondônia, Roraima e Tocantins.

@saborzinhodobrasil

CIP-BRASIL. CATALOGAÇÃO NA PUBLICAÇÃO
SINDICATO NACIONAL DOS EDITORES DE LIVROS, RJ

G778s

Granato, Alice
    Saborzinho do Brasil: Norte / Alice Granato; ilustração Bianca Smanio; fotografia Sergio Pagano. - 1. ed. - Rio de Janeiro: Bazar do Tempo, 2020.
    54 p. ; 22 x 25 cm.   (Saborzinho do Brasil ; 1)

    ISBN 978-65-86719-43-7

    1. Culinária brasileira - Brasil, Nordeste. 2. Culinária brasileira - Brasil, Nordeste - Literatura infantojuvenil. I. Smanio, Bianca. II. Pagano, Sergio. III. Título. IV. Série.

20-67495   CDD: 641.59813
                                           CDU: 641.3(811)

Meri Gleice Rodrigues de Souza - Bibliotecária - CRB-7/6439

Edição
Ana Cecilia Impellizieri Martins

Idealização e coordenação editorial
Alice Granato

Assistente editorial
Catarina Lins

Capa, projeto gráfico e diagramação
Beatriz Lamego

Pesquisa
Zé Márcio Alemany

Fotografias
Sergio Pagano

Fotos das receitas
Direção: Sergio Pagano
Com fotografias de: Patrícia Canola (Alex Atala e Otávia Sommavilla), Dempsey Gaspar (Jérôme Dardillac) e Lorena Filgueiras (Daniela Martins)

Fotos das autoras
Camilla Maia

Revisão
Elisabeth Lissovsky

Agradecimentos:
Sextante Artes, Marcos Pereira, Jane Assis, Roberto Pinheiro, Marta Rodrigues, Sissi Freeman e Melina Dalboni

BAZAR DO TEMPO
Produções e empreendimentos culturais Ltda

Rua General Dionísio, 53. Humaitá
Rio de Janeiro – RJ – 22.271-050
contato@bazardotempo.com.br
www.bazardotempo.com.br

Alice Granato

Desde que ficou grávida do seu primeiro filho, Valente, Alice sonha em fazer um livro para crianças. Ela lançou *Sabor do Brasil* (Sextante Artes), em 2012, e o sucesso do livro a impulsionou a criar para o universo infantil. Hoje, mãe também do Benício, tem em casa duas fontes constantes de inspiração, dois menininhos travessos e sorridentes. Com quase três décadas de jornalismo e passagem pelas principais redações do país, Alice nasceu em São Paulo e vive no Rio de Janeiro desde 2003. "Quero passar para as crianças o encantamento que tenho com o Brasil, mostrando sua natureza, os bichos, as cores, a cultura, suas gentes e sabores."

@alicegranato

Bianca Smanio

Bianca desenha desde criança, quando era convidada pela professora do primário para ilustrar as provas da turminha. A brincadeira de desenhar em tudo – papel, chão e parede – se transformou em profissão. Bianca faz ilustrações com temas infantis, explora na ponta do lápis as ruas do Rio de Janeiro, sua cidade natal, com o grupo Urban Sketchers, desenvolve projetos gráficos para músicos e compositores e faz ilustrações para a Veja Rio. Sua paixão é a ilustração editorial, construindo narrativas... trabalho que fez no *Saborzinho do Brasil*. Imaginem sua alegria com este primeiro livro! Mãe da Estela, da Vitoria e da Betânia, três menininhas que a inspiram a "confabular com imagens".

@bibismanio

Este livro é do Valente, do Benben, saborzinhos da minha vida, e de todas as crianças que quiserem descobrir o Brasil com a gente!

Alice Granato

Um convite para os pequenos passearem pelas cores do nosso país, em especial para Estela, Vitoria e Betânia que carregam um arco-íris dentro delas.

Bianca Smanio

Patrocínio

Pousada Literária de Paraty

Apoio